Ce livre
appartient à :
offert par :

RETROUVEZ Oui-Oui DANS
MA PREMIÈRE BIBLIOTHÈQUE ROSE

Oui-Oui et les ours en peluche
Oui-Oui et les lapins roses
Oui-Oui et le kangourou
Oui-Oui a perdu son bonnet
Oui-Oui tête en l'air
Oui-Oui et le magicien
Oui-Oui et les trois lutins
Oui-Oui et l'anniversaire des éléphants
Oui-Oui décroche la lune
Une surprise pour Oui-Oui
Oui-Oui champion
Oui-Oui et le vélo-car
Oui-Oui à la plage
Oui-Oui voit du pays
Oui-Oui et la voiture jaune
Oui-Oui veut faire fortune
Oui-Oui marin
Les vacances de Oui-Oui

Enid Blyton

Les vacances de Oui-Oui

Illustrations de Jeanne Bazin

HACHETTE

Hachette Livre, 43, quai de Grenelle, 75015 Paris.

1

Oui-Oui et la petite sirène

Depuis quelque temps Oui-Oui, le chauffeur de taxi du Pays des Jouets, n'a plus une minute à lui : sans cesse ses clients l'envoient aux quatre coins de Miniville et il ne sait plus où donner de sa petite tête à ressort. Aussi,

un beau matin, décide-t-il de prendre des vacances. Il laissera son taxi au garage et partira... à pied !

« Rien de tel qu'une partie de pêche pour me reposer », pense-t-il. Il dit au revoir à sa voiture jaune, ferme soigneusement sa maison-pour-lui-tout-seul et s'en va, sa canne à pêche sur l'épaule. Il a le cœur léger et, comme cela lui arrive souvent quand il est de bonne humeur, il sent une petite chanson lui monter à la tête. Faisant tinter en cadence le grelot de son bonnet bleu, il se met à chanter :

Ah, quelle chance
D'être en vacances !
Plus de taxi,
Plus de soucis
Mais des chansons
Et des poissons !

Il arrive bientôt au bord d'un petit étang très calme. Quelle bonne journée il va passer ! Il déroule sa ligne, lance le bouchon… Immédiatement, quelque chose tire sur le fil.

« Youpi, ça mord ! » s'exclame Oui-Oui ravi.

Il tourne son moulinet pour remonter sa prise. Comme c'est lourd ! Ce doit être au moins un brochet, pour

peser un poids pareil. Mais, au fur et à mesure que son « poisson » apparaît, Oui-Oui ouvre des yeux de plus en plus grands : un dossier, quatre pieds... Qu'est-ce que c'est que cette affaire ? En fait de brochet, le bonhomme en bois vient de pêcher une ravissante chaise miniature !

« Je la donnerai à Potiron, se dit Oui-Oui. Il la mettra dans sa maison-champignon. Ainsi, il me pardonnera d'être allé à la pêche sans lui. »

Car le nain Potiron, le meilleur ami de Oui-Oui, n'est pas toujours commode !

Le pantin lance à nouveau son bouchon. Aussitôt, comme la première fois, l'hameçon accroche.

« Qu'est-ce que cela va être ? se demande Oui-Oui. Une truite ? Ma parole, mais c'est une table ! Je l'offrirai à Mme Bouboule. Tout de même, je me demande qui a jeté ainsi ses meubles dans l'étang… Voyons si je peux pêcher encore quelque chose. »

Il jette sa ligne… et ressort un adorable petit lit garni de draps à dentelles et d'un édredon de plumes. Bien sûr, tout est trempé. Oui-Oui étend la garniture du lit sur une branche basse pour la faire sécher.

« Ce lit conviendra parfaitement à Mlle Chatounette, murmure-t-il. Les chats en peluche adorent les édredons de plumes. »

Et comme Oui-Oui ne veut pas s'arrêter en si bon chemin, il continue sa pêche miraculeuse. À la fin de la matinée, il a retiré de l'étang une armoire à glace, un tableau, une lampe de chevet, un joli fauteuil rose, un poste de radio, une horloge, des bassines et des casseroles… Tout ce qu'il

faut pour meubler une maison ! Et cela séchera vite.

« Bon, se dit Oui-Oui après avoir ramené son hameçon bredouille plusieurs fois de suite, je crois qu'il n'y a plus rien. Mais je vais être obligé d'aller chercher ma voiture pour ramener tout ce bric-à-brac à Miniville ! Moi qui ne voulais pas conduire pendant mes vacances ! »

En quelques voyages, Oui-Oui porte la chaise à Potiron, le lit à Mlle Chatounette, qui plaque deux gros baisers sur les joues du pantin rouge de confusion, la table à Mme Bouboule, la lampe de chevet à son amie Mirou l'oursonne, etc.

Quand il a terminé sa distribution, tout heureux mais un peu fatigué, il décide de rentrer se reposer.

À peine est-il de retour chez lui

que quelqu'un frappe à la porte. Oui-Oui ouvre et, ébahi, se trouve nez à nez avec une charmante poupée aux cheveux longs, dont les jambes ont la forme... d'une queue de poisson! Et cette jolie personne a l'air très en colère.

« Que... que voulez-vous? demande Oui-Oui.

— Je m'appelle Sissi-la-Sirène, annonce la poupée d'un ton sec. Il paraît que c'est toi qui as pêché tous mes meubles? Enfin, Oui-Oui, tu ne sais donc pas qu'il existe des gens qui habitent sous l'eau?

— Sous... sous l'eau? Vous habitez sous l'eau? bafouille Oui-Oui qui n'en croit pas ses oreilles. Ooooh, miséricorde!... Je comprends, maintenant. Les meubles que j'ai pêchés, c'étaient les vôtres! Et moi qui les ai donnés à mes amis... Que vais-je faire? »

Le pantin de bois est tellement désolé que sa tête à ressort s'agite comme une folle ; son grelot tinte sans même qu'il s'en rende compte.

La petite sirène s'assied et se met à pleurer. Oui-Oui ne peut supporter de la voir triste. Il pose doucement son bras autour de ses épaules et cherche comment la consoler. Soudain, il lui vient une idée. Une idée géniale !

« Et si je vous construisais une maison ? propose-t-il. Une vraie maison, sur la terre ferme ? Plus personne ne pourrait pêcher vos meubles ! »

La petite sirène bat des mains, ravie.

« Oh, Oui-Oui, quelle bonne idée ! Tu sais, je n'aimais pas tellement habiter sous l'eau. C'est trop humide. Mais une maison juste au bord du lac, pour que je puisse me baigner de

temps en temps, ça serait fantastique !

— Bon, dit Oui-Oui, je vais acheter un jeu de construction. »

Il part en courant et revient quelques instants plus tard, titubant sous le poids d'une énorme boîte qu'il porte sur son dos. Ils se rendent ensemble au bord de l'étang et Oui-Oui se met aussitôt au travail. Sissi, de plus en plus étonnée, regarde ce que le pantin de bois est en train de construire.

« Mais, Oui-Oui, s'exclame-t-elle au bout d'un moment, tu t'es trompé, tu as construit une gare !

— Tu... tu crois ? » demande Oui-Oui inquiet.

Sissi a raison. Oui-Oui, confus, est obligé de démolir la gare, de remettre tous les cubes dans la boîte et de retourner chez le marchand chercher un autre jeu. Il revient avec, cette fois, un carton beaucoup plus petit. La sirène le regarde faire, se prélassant dans l'eau bleue. Les murs s'élèvent peu à peu. Mais ils n'ont pas l'air de ressembler du tout à ceux d'une maison.

« Oui-Oui, tu es incorrigible ! Tu t'es encore trompé ! s'écrie Sissi qui commence à s'énerver. Je n'ai pas besoin d'un magasin ! »

Oui-Oui s'assied par terre, la tête dans ses mains, découragé. Sur ces entrefaites arrive Potiron, qui ouvre de grands yeux. Sissi lui explique ce qui se passe.

« Nom d'un champignon ! s'exclame le vieux nain. Tu ne changeras donc jamais, Oui-Oui ? Quand donc auras-tu un brin de cervelle ? Allez, range-moi ça, je vais aller chercher moi-même le jeu qu'il vous faut. »

Une heure plus tard, Sissi contemple, émerveillée, le plus joli des pavillons. Les habitants de Miniville, qui ont été avertis par le marchand de jeux de construction, viennent en foule voir l'œuvre de Potiron et de Oui-Oui. Lorsque la dernière brique est posée, Sissi entre pour visiter sa maison, accompagnée du bonhomme en bois. « Elle est splendide, Oui-Oui.

Dommage qu'elle soit si vide...

— Oui, soupire le pantin, tête basse. Si seulement je pouvais te rendre tes meubles ! »

À ce moment précis, une étrange procession surgit sur le chemin qui conduit à la maison de Sissi : en tête vient Mme Bouboule, portant la petite table, suivie de Mlle Chatounette qui trimballe sur son dos le lit de Sissi. Puis arrivent Mirou, la lampe de chevet à la main, Minouchette, chargée du tableau... Bientôt, Sissi a retrouvé tous ses meubles ! M. Jumbo lui apporte même un gros bouquet de fleurs. Or la porte du pavillon est trop étroite pour l'éléphant et ce gros lourdaud reste coincé... Enfin, tiré par Potiron, poussé par M. Bouboule, il réussit à entrer.

Mais ce n'est pas terminé. Voilà que surviennent à leur tour Léonie

Laquille et ses petits Quillons, puis M. et Mme Culbuto suivis de Culbuto junior, avec, dans de grands paniers, tout ce qu'il faut pour un délicieux goûter !

Sissi-la-Sirène est folle de joie.

« Comme je suis heureuse, Oui-Oui ! Depuis le temps que je rêvais d'habiter au sec ! Faisons tous une grande fête ! »

Elle entraîne Oui-Oui dans une ronde endiablée. Le grelot du pantin tinte à toute volée. Diling, diling, diling ! Quelle animation, dans la petite maison ! Les jouets sont si nombreux que c'est une cohue épouvantable, mais personne ne s'en plaint. Tout le monde est si content de s'amuser ! La famille Quillon au grand complet est juchée sur le dos de M. Jumbo, Isidore Macaque et ses enfants se sont installés sur le balancier de l'horloge... On s'amuse comme des fous !

Soudain, Sissi réclame le silence. Avant de découper l'énorme gâteau au chocolat apporté par Mme Culbuto, elle annonce :

« Je baptise ma maison Villa Clapotis. Et Oui-Oui sera le parrain ! Tous les deux, nous allons la décorer avec plein de coquillages. Ce sera splendide ! »

Et, sous les applaudissements de tous les jouets, Sissi embrasse Oui-Oui, aussi rouge qu'un coquelicot.

« Merci, Oui-Oui, tu es le plus gentil des chauffeurs de taxi !

— Par mon grelot, murmure Oui-Oui en hochant sa tête à ressort, voilà des vacances qui commencent bien ! »

2

Oui-Oui a disparu

Le lendemain matin de bonne heure, Oui-Oui se prépare de nouveau à partir — à pied, bien sûr, car il est résolu à prendre des vacances coûte que coûte ! Comme la veille, il dit au revoir à son taxi, en se jurant que

cette fois-ci il ne viendra le rechercher sous aucun prétexte. Il ferme la porte de sa maison et s'en va.

Oui-Oui a décidé d'aller cueillir des fleurs pour son amie Mirou, au Bois des Lutins. Il trottine gaiement sur le sentier, faisant tinter son grelot, interpellant les oiseaux, jouant à cache-cache avec les lapins. Tout occupé à s'amuser, il ne remarque pas deux horribles individus qui le guettent, tapis derrière un arbre... Ce sont Zéphyrin le singe et Long-Nez le clown mécanique, deux voyous qui habitent la sombre Forêt Ténébreuse.

« Hé, regarde ! chuchote Zéphyrin à Long-Nez. Voilà quelqu'un ! Faisons-le prisonnier. S'il est riche, nous lui demanderons une rançon. »

Long-Nez est d'accord. Lorsque Oui-Oui approche des deux voleurs, ceux-ci lui sautent dessus.

« Arrêtez ! Lâchez-moi, laissez-moi partir ! » hurle le pauvre Oui-Oui qui se débat furieusement.

La colère et la peur lui donnent une force terrible. Il flanque à Long-Nez un grand coup de poing… sur le nez, justement, et le clown tombe à la renverse. Mais les bandits sont tout de même les plus forts. Au bout d'un moment, Oui-Oui est capturé.

« Maintenant, lui dit Zéphyrin d'un ton menaçant, tu vas répondre à nos questions ! Et pas d'histoires, sinon il t'en cuira ! Est-ce que tu es riche ? »

Oui-Oui le fusille du regard, furibond. Il est si énervé que sa tête à ressort se met à bouger malgré lui. Zéphyrin, qui ne connaît pas Oui-Oui et la particularité de sa tête à ressort (il a toujours évité d'aller à Miniville pour ne pas rencontrer le gendarme !), croit aussitôt que le pantin lui répond « oui » !

« Il est riche, il est riche ! crie-t-il au clown, triomphant. Emmenons-le. Ensuite, nous écrirons à ses amis pour leur réclamer la rançon. »

Le pauvre Oui-Oui est obligé de les suivre. Sa tête continue à s'agiter comme une folle. Mais il n'y peut rien, car les deux vauriens lui tiennent solidement les deux bras !

Le pantin de bois, affolé, se rend compte que ses ravisseurs prennent la direction de la terrifiante Forêt Ténébreuse.

« Miséricorde, gémit Oui-Oui, je suis perdu… Personne ne viendra me chercher là!... »

Parvenus dans une clairière où se dresse une horrible masure, les brigands s'arrêtent.

« Voilà, fait Zéphyrin, nous sommes arrivés. »

Ils poussent Oui-Oui à l'intérieur, barricadent porte et fenêtres, et s'installent à une table bancale.

« Maintenant, dit le singe, au travail! Tu vas faire une lettre à tes amis pour leur demander de mettre cent pièces d'or dans l'arbre creux qui se trouve à la lisière de la forêt. S'ils obéissent, nous te délivrerons.

— C'est que… je… je ne sais pas

très bien écrire ! avoue Oui-Oui d'une voix tremblante.

— Bon. Alors je vais rédiger le message et tu le signeras, décide le clown. D'abord, comment t'appelles-tu ?

— Oui-Oui..., murmure le pantin d'une voix étranglée.

— Je ne te demande pas si c'est oui ou si c'est non, je veux savoir comment tu t'appelles ! rugit le clown.

— Mais je m'appelle Oui-Oui ! explique le pantin au bord des larmes.

— Oui-Oui ! Ha, ha, ha ! quel drôle de nom ! » ricane le singe.

Tandis qu'il continue à s'esclaffer en se tenant les côtes, Long-Nez, tirant la langue sous l'effort, s'évertue à calligraphier le message à l'aide d'une vieille plume d'oie qui grince tant et plus.

Tout fier de son œuvre, Long-Nez relit le message à haute voix et ordonne à Oui-Oui :

« Tu vas ajouter en bas : *Sauvez-moi. Oui-Oui.* Tiens, je t'ai fait le modèle, tu n'as qu'à recopier. »

Et Oui-Oui, tirant la langue à son tour, écrit d'une grosse écriture maladroite :

« Quel est ton meilleur ami ? s'enquiert Zéphyrin.

— Potiron ! répond Oui-Oui sans hésiter.

— Qui est-ce ?

— Un vieux nain très gentil qui habite une maison-champignon dans le Bois des Lutins », répond Oui-Oui d'une voix étranglée.

Comme le petit pantin voudrait que son ami le nain le retrouve ! « Mais Potiron n'aura jamais cent pièces d'or ! pense Oui-Oui, affolé. Cette fois, je suis perdu, perdu... »

« Je lui porte le message de ce pas, annonce Zéphyrin. Quelle tête il va faire ! Hi, hi, hi ! Toi, Long-Nez, veille bien sur le prisonnier, surtout ! »

Le singe s'éloigne en sautillant, le message à la main. Il arrive bientôt devant le gros cèpe qui sert de maison à Potiron et... frappe à la porte, tout simplement ! Car ce chenapan de Zéphyrin n'est pas bien malin et il ne songe pas un instant qu'il ferait mieux de se cacher !

Potiron ouvre.

« Qu'est-ce que c'est ? dit-il de sa grosse voix bourrue.

— Un message pour vous, répond le singe. De la part de Oui-Oui.

— De Oui-Oui ? Que lui est-il arrivé ? Il ne peut plus faire ses commissions tout seul, à présent ? »

Et il déchiffre avec peine les lignes griffonnées par Long-Nez.

Au fur et à mesure qu'il lit, ses sourcils se froncent de plus en plus.

« Qu'est-ce que c'est que cette histoire ! tonne-t-il quand il a terminé sa lecture. Oui-Oui prisonnier ? Mais qui l'a enlevé ? Et où voulez-vous que je prenne cent pièces d'or, moi ? Ah, mais ! Ça ne se passera pas comme ça ! Et d'abord, comment avez-vous eu ce message, vous ? »

Mais Zéphyrin, en voyant enfler la colère du vieux nain, s'est empressé

de filer en douce ! Lorsque Potiron lève les yeux du message, le singe est déjà loin !

« Le sacripant ! rugit Potiron. Je jurerais que c'est lui, le ravisseur ! »

À la pensée de son cher Oui-Oui prisonnier, le vieux nain sent son cœur se serrer. De grosses larmes coulent sur ses joues ridées.

« Pauvre Oui-Oui, gémit-il. Kidnappé... Enlevé... Il faut que je le retrouve, et vite ! »

Il se précipite sur sa bicyclette, l'enfourche d'un bond et part en trombe en faisant sonner son timbre comme un fou. Dring ! Dring ! Driiiing !

Ce vacarme attire sur son passage tous les animaux en peluche du Bois des Lutins, qui accourent les bras au ciel.

« Sapristi, Potiron, que se passe-t-il donc ? s'écrie Mme Lapinet.

— Oui-Oui a disparu, on l'a enlevé ! » hurle le nain sans s'arrêter.

Tel un bolide, il fonce jusqu'à Miniville pour interroger les jouets.

« Vous n'avez pas vu Oui-Oui ? » demande-t-il à M. Paille, le fermier, à M. Noé et aux animaux de son Arche, à Mlle Chatounette, à M. Jumbo, à Bastien Bouboule, au gendarme, à Léonie Laquille... Mais la réponse est toujours la même :

« Non, nous ne l'avons pas vu ! »

Potiron est désespéré. Que faire ? Donner la rançon ? C'est impossible : même tous les habitants de Miniville ensemble n'arriveraient jamais à réunir autant d'argent.

Arrivé sur la Colline aux Clochettes, Potiron s'arrête, épuisé, pour réfléchir. Il s'assied par terre et se met à sangloter. Tout à coup, deux longues oreilles roses apparaissent derrière des clochettes bleues, suivies d'un museau blanc.

« Qu'avez-vous ? demande le petit lapin. Est-ce que je peux vous aider ? »

Potiron, la voix entrecoupée de sanglots, lui raconte ce qui est arrivé à Oui-Oui.

« Attendez, je vais chercher ma maman ! » crie le lapereau.

Et il détale de toute la vitesse de ses petites pattes. Potiron voit disparaître dans les fougères le pompon de sa queue. Quelques minutes plus tard, le lapin revient, accompagné d'une lapine rondelette. Comme elle a l'air gentille, avec sa jolie robe à volants, son tablier à carreaux et son grand chapeau à rubans !

« Bonjour, dit-elle. Je m'appelle Mme Serpolet. Et je sais peut-être bien où se trouve Oui-Oui. Ce matin, en allant rendre visite à mon cousin dans la Forêt Ténébreuse, j'ai entendu

un drôle de tintement qui semblait venir d'une cabane délabrée. Si c'était le grelot de Oui-Oui? »

Potiron bondit sur ses pieds, fou de joie.

« Conduisez-moi vite à cette cabane ! » s'écrie-t-il.

Et le trio part à fond de train sur la bicyclette de Potiron, Mme Serpolet sur le porte-bagages et Serpolet junior

coincé entre Potiron et son guidon.

Lorsqu'ils arrivent dans la clairière, Potiron fait sonner le timbre de sa bicyclette le plus fort qu'il peut. Dring ! Dring ! Dring ! En réponse, un tintement bien connu se fait entendre.

« Oui-Oui ! C'est lui ! C'est son grelot ! Le grelot de son bonnet ! s'égosille Potiron au comble du bonheur. Vite, allons le délivrer ! Les voleurs ne

sont pas là, sinon ils seraient sortis depuis longtemps. »

Potiron se précipite vers la porte. Bien sûr, elle est fermée à double tour. Les volets, eux aussi, sont soigneusement bouclés. Tandis que le vieux nain rassure Oui-Oui à travers la porte, Mme Serpolet ne perd pas son temps : en martelant à toute allure de sa patte droite le sol de la clairière, elle sonne le rassemblement de tous les lapins des alentours. Et, bientôt, une armée de pattes blanches font gicler la terre sous les murs de la cabane. En un clin d'œil, un souterrain assez large pour laisser sortir Oui-Oui est creusé sous la maison.

« Hourra ! » crie Potiron lorsqu'il voit apparaître au fond du trou le bonnet bleu et le grelot doré du pantin de bois.

Et Oui-Oui n'est pas moins

heureux de retrouver son ami ! Fou de joie, il saute au cou du nain.

Mais les lapins, eux, s'amusent tant qu'ils n'ont pas la moindre envie de s'arrêter. Ils creusent, creusent, creusent… et tout à coup, dans un fracas épouvantable, la masure des voleurs bascule sur le côté ! Oui-Oui, Potiron et les lapins, terrorisés, vont se réfugier en courant dans les fourrés. Et là, tremblants encore de frayeur, ils décident de mettre au point un plan afin d'attraper Zéphyrin et Long-Nez. Finalement, ils conviennent que l'armée de lapins restera sur place, attendra le retour des bandits et les retiendra prisonniers. Pendant ce temps, Potiron et Oui-Oui rentreront à bride abattue à Miniville pour alerter le gendarme.

Leur mission accomplie, Potiron invite Oui-Oui chez lui pour un splen-

dide goûter : il y a des babas au rhum, des choux à la crème, des éclairs au café. Il faut bien qu'ils se remettent de leurs émotions ! Et le chat Moustache n'est pas le dernier à se pourlécher. Les deux amis sont en train de déguster leurs gâteaux lorsque des bruits de voix et de pas se font entendre sur le chemin. Ils se précipitent à la fenêtre. Ah ! quel spectacle ! Le gendarme pousse devant lui, sans ménagements, Zéphyrin le singe et Long-Nez le clown, piteux et contrits.

« Ha, ha, ha ! s'esclaffe Potiron. Voilà qui leur apprendra à enlever les pantins de bois ! Mais toi, Oui-Oui, j'espère que cette aventure te servira de leçon !

— Oh ! oui, Potiron ! s'écrie Oui-Oui en faisant tinter son grelot d'un air décidé. Les promenades à pied, c'est fini. Je partirai en vacances avec mon taxi ! Au fait... tu ne voudrais pas m'accompagner, Potiron ?

— Non, merci, Oui-Oui. Mon frère Topinambour doit venir me rendre visite. Il faut que je reste ici. Bon voyage, tâche de bien t'amuser. Et surtout, sois prudent ! Je te préviens : si je reçois une nouvelle demande de rançon, je n'irai pas te délivrer, ajoute-t-il avec un clin d'œil affectueux.

— Au revoir, Potiron ! » lance Oui-Oui avec un éclat de rire.

Et il retourne en trottinant jusqu'à sa maison-pour-lui-tout-seul.

3

Oui-Oui tombe en panne

À peine arrivé chez lui, épuisé par ces deux premiers jours de vacances bien mouvementés, Oui-Oui se couche. Et le lendemain de bonne heure, frais et dispos, il sort son taxi du garage et se met en route.

Au début, tout se passe bien. Or voilà qu'un moment plus tard, en rase campagne, la petite voiture fait un drôle de bruit et s'arrête.

« Allons bon ! s'écrie Oui-Oui. Qu'est-ce que tu as? »

Il descend, fait le tour du taxi.

« Tu n'as pas de pneu crevé, ton réservoir est plein d'essence... Alors pourquoi n'avances-tu pas?

— Tuuu... tuuu... », répond la voiture d'une voix faible.

Puis elle fait entendre un drôle de cliquetis.

« Ainsi toi aussi, tu as décidé de m'empêcher de partir en vacances ! explose Oui-Oui hors de lui. Ah mais, ça ne se passera pas comme ça ! Je t'emmène chez M. Polichinelle et il te fera marcher, lui, tu vas voir ! Ah ! là ! là ! Tu exagères, tu sais ! Tout ce chemin à te pousser, je n'y arriverai jamais ! Et la campagne est déserte, il n'y a personne pour m'aider ! »

Le pantin de bois commence à pousser son taxi, suant et soufflant.

« Han... Han... Hou... Hou... Je fais autant de vacarme que dix voitures réunies, constate-t-il au bout d'un moment. Et jamais je n'arriverai jusqu'au garage de M. Polichinelle... »

Soudain, dans un tournant, il entend un bruit bizarre.

« Rrrrumpf! Rrrrrumpf! »

Le cœur du pantin de bois fait un bond dans sa poitrine.

« Qu'est-ce que c'est que ça? se dit-il, inquiet. J'espère que ce ne sont pas encore des voleurs! Oh! là! là! ces vacances... »

Oui-Oui s'arrête pour mieux écouter. Le bruit ne tarde pas à se reproduire, suivi d'autres grognements bizarres.

« Rrrumpf! Han! Hiiiiiii! À l'aide! Au secours! À moi!

— Ah bon! soupire Oui-Oui soulagé. J'aime mieux ça : ce doit être un cheval en difficulté. Mais où se trouve-t-il? »

Le pantin de bois se penche par-dessus la haie qui borde la route. Effectivement, il y a bien là un petit cheval. Et il semble dans une mauvaise posture.

« Que t'arrive-t-il ? demande Oui-Oui.

— Je me suis embourbé, répond le cheval. Regarde : mes pattes de devant se sont enfoncées dans la terre, je ne peux plus les sortir.

— Attends ! dit Oui-Oui. Je viens. »

Il se faufile aussitôt à travers la haie et rejoint l'animal.

« Je vais te tirer. Par où veux-tu que je t'attrape ?

— Par la queue, conseille le cheval de bois. Ne crains pas de tirer, elle est très solide. Allez, vas-y ! Tire ! Plus fort ! Encore plus fort ! Mes pattes commencent à bouger ! »

Oui-Oui, arc-bouté sur ses petites jambes, tire de toutes ses forces. Et soudain... voilà que les pattes du cheval s'arrachent d'un seul coup à la

boue et que l'animal se retrouve assis sur le pauvre Oui-Oui qui n'a pas eu le temps de s'écarter !

« Ouille ! vocifère le bonhomme en bois. Dis donc, tu pourrais faire attention ! Tu m'écrases !

— Excuse-moi, dit le cheval en se remettant sur ses pattes. Tu as vraiment été très gentil, Oui-Oui. Quelle chance pour moi, que tu sois passé juste à ce moment dans ta voiture !

— Je n'étais pas dans ma voiture, d'abord ! rétorque Oui-Oui, décidément très énervé. J'étais derrière, en train de la pousser. Elle est tombée en panne et il faut que je la ramène jusqu'à Miniville pour la faire réparer. Sapristi, que je suis fatigué !... Quelle journée, mais quelle journée !

— Ne te lamente pas ainsi ! réplique le cheval. Moi, j'ai l'habitude de tirer des voitures. Je vais conduire la tienne

jusqu'au garage. Je serai content de pouvoir t'aider à mon tour. »

Oui-Oui reste bouche bée. Quelle aubaine ! Il ne se serait jamais attendu à une chose pareille !

« Merci ! s'écrie-t-il. Attends, je prends les cordes qui sont dans mon coffre pour t'atteler. Comme cela va être amusant ! »

C'est ainsi que Oui-Oui rentre à Miniville fier comme Artaban, assis bien droit dans son taxi transformé en calèche. Les jouets, ébahis, se demandent quelle mouche a piqué le pantin de bois ! Mais Oui-Oui n'a pas fini de les étonner...

4

Oui-Oui et Mirou en prison

La panne de la petite voiture jaune n'est pas grave. Pendant que M. Polichinelle fait la réparation, Oui-Oui réfléchit.

« Tout de même, se dit-il, ce serait plus amusant de partir en vacances avec quelqu'un… Puisque Potiron ne peut pas, je vais aller demander à Mirou de m'accompagner. »

La petite oursonne ne se fait pas prier.

« Où irons-nous, Oui-Oui? demande-t-elle en battant des mains.

— Visiter le Pays des Jouets! déclare Oui-Oui qui, à vrai dire, vient tout juste d'avoir cette idée.

— Chouette! s'exclame Mirou. En route! »

Le taxi jaune est de charmante humeur : il avale gaiement les kilomètres, montant et descendant parmi des collines fleuries qui ressemblent à des toboggans sans fin.

Mirou hume avec délices l'air parfumé et tourne la tête en tous sens pour ne rien perdre de la vue.

« Comme le Pays des Jouets est joli, Oui-Oui! Nous faisons vraiment un voyage extraordinaire!

— Aujourd'hui, annonce Oui-Oui,

nous allons visiter Soldatville, la ville des soldats de plomb. Tu verras : il y a des défilés splendides. »

En effet, dès leur arrivée à Soldatville, Oui-Oui et Mirou se trouvent nez à nez avec un régiment de grenadiers qui tient toute la largeur de la rue. Oui-Oui ralentit aussitôt et essaie de se faufiler avec son taxi parmi les soldats, qui marchent en rangs serrés. Il y a des militaires à droite, à gauche, devant, derrière. Les deux amis sont noyés dans une mer d'uniformes, de fusils et de bonnets à poils, tant et si bien que Oui-Oui en attrape le tournis, ferme les yeux… et renverse avec sa voiture un grenadier qui se retrouve assis par terre. Immédiatement, le colonel de la garde vocifère d'une voix tonitruante :

« Arrêtez-moi ces individus ! Qu'on les mette en prison sur-le-champ,

ils ont troublé l'ordre du défilé ! »

Deux soldats à la moustache rébarbative empoignent aussitôt Mirou et Oui-Oui, les obligeant à abandonner le taxi, et les conduisent en prison sous bonne escorte.

Catastrophés, Oui-Oui et Mirou sont enfermés à double tour dans une étroite cellule, derrière une fenêtre close par d'épais barreaux de fer.

Le pantin de bois est triste. Que va devenir son taxi, tout seul dans les rues de Soldatville ? Pourvu qu'un régiment ne l'écrase pas en défilant au pas de charge !

Le cœur gros, Oui-Oui se dirige vers la fenêtre et aperçoit sa voiture garée juste devant la prison.

« Mirou ! glapit-il. Ma voiture est là ! Elle nous a retrouvés ! » Pour mieux voir son taxi, Oui-Oui essaie de monter sur le rebord de la fenêtre en s'accrochant aux barreaux. Et soudain... crac ! le pantin de bois tombe à la renverse sur le sol du cachot, un barreau dans chaque main ! Quelle surprise ! Les prisons de Soldatville ne sont guère solides !

« Vite, Mirou, il n'y a pas une seconde à perdre ! crie Oui-Oui. Sautons par la fenêtre ! »

La petite voiture, toute heureuse de les voir arriver, se met à klaxonner

à tue-tête : tu, tu, tu, tuuuu ! Quelle idée saugrenue... Aussitôt, des soldats, alertés par ce vacarme, accourent. Mais Oui-Oui est plus rapide qu'eux. Il bondit au volant, attrape Mirou sans ménagements, et vroum ! démarre comme une fusée.

« Ouf ! s'écrie-t-il, nous l'avons échappé belle ! »

Mais les deux amis ne sont pas sortis d'affaire... Au bout de la rue les attendent trois grenadiers qui leur barrent le chemin, leur fusil à la main ! Alors le taxi jaune a une idée de génie : il prend son élan, et hop ! s'envole dans les airs en rasant les bonnets à poils des militaires. De mémoire de grenadier, on n'avait jamais vu chose pareille ! Laissant les soldats de plomb pantois, Oui-Oui quitte en trombe cette horrible cité de Soldatville.

« Jamais je n'aurais cru mon taxi capable de faire un tel vol plané ! s'exclame le pantin d'un ton admiratif.

— Et moi, ajoute Mirou d'une voix tremblante, jamais je n'ai eu si peur…

— Rassure-toi, nous arrivons à Guignolville, dit Oui-Oui. Tu te reposeras et nous mangerons une énorme glace. Là-bas, au moins, nous serons en sécurité. »

Le long de la route, les deux amis croisent de nombreux guignols. Mirou constate avec stupéfaction qu'ils sont tous identiques.

« Comment les distingue-t-on ? » demande-t-elle à Oui-Oui.

Le pantin est perplexe. Il se creuse si fort la cervelle à la recherche d'une réponse que sa petite tête à ressort s'agite comme une folle. Diling, diling ! fait le grelot. Les guignols,

étonnés, se retournent tous sur le passage du taxi jaune.

Lorsque Oui-Oui et Mirou débouchent sur la grand-place de Guignolville, un guignol se précipite à leur rencontre.

« Bonjour, Oui-Oui ! Je te reconnais, tu es le chauffeur de taxi de Miniville. J'y suis allé en vacances, une fois. Vous arrivez bien, nous sommes juste en train de préparer une fête.

Venez vous amuser avec nous !

— Ça, c'est une aubaine ! s'écrie Oui-Oui. Nous avons bien besoin de nous réconforter. Mais... est-ce que ma voiture est invitée, elle aussi ?

— Évidemment ! »

Au beau milieu de la place du marché est dressée une immense table couverte de tartes, de beignets, de bonbons, de sirops... Mirou et Oui-Oui

en ont l'eau à la bouche. Les guignols s'affairent autour d'eux, ravis d'avoir des invités. Deux espiègles gourmands se sont installés dans le taxi de Oui-Oui. Ils font le tour de la table à toute allure, attrapant au passage tous les gâteaux qui leur tombent sous la main.

Mais le temps passe. Il commence à se faire tard et Oui-Oui tient à regagner Miniville avant la nuit. Mirou n'a guère envie de partir. Oui-Oui finit par la convaincre et elle monte dans le taxi en agitant la main.

« Au revoir ! Nous reviendrons ! Je crois que j'ai mangé un peu trop de gâteaux, mais c'était une fête magnifique !

— Au revoir ! » crie Oui-Oui à son tour.

Les guignols les regardent partir, agitant de grands mouchoirs blancs.

« Les habitants de Guignolville sont plus aimables que ceux de Soldatville », remarque Mirou d'une petite voix lasse. Et, avant que Oui-Oui ait eu le temps de lui répondre, elle s'endort…

Au bout d'un moment, Oui-Oui sent sa tête à ressort qui commence à dodeliner. Deux ou trois fois, le tintement de son grelot le réveille en sursaut. Il se frotte vigoureusement les yeux et se cramponne à son volant. Mais la quatrième fois, il s'endort pour de bon… Catastrophe ! Que va devenir le taxi, sans son chauffeur pour le guider ? Eh bien, c'est un taxi intelligent : il veille sur ses passagers. Tout doucement, en mettant son moteur au ralenti pour ne pas réveiller les dormeurs, il se range sur le côté, sous un grand arbre. Ouf, Oui-Oui et Mirou sont sauvés !

... Le lendemain matin, Oui-Oui est réveillé par un rayon de soleil qui lui chatouille le nez. Quand il découvre qu'il est dans sa voiture, en pleine campagne, il se frotte les yeux, persuadé qu'il rêve encore. Mais non, il est bien en plein air, dans son taxi, à côté de Mirou qui dort profondément et même... qui ronfle un peu! Alors il se souvient de ce qui s'est passé la veille.

« Gentil petit taxi! s'écrie-t-il. Je me suis endormi et tu nous as mis en sûreté! Merci, merci, sans toi nous aurions sûrement eu un accident! »

Et le pantin de bois, tout guilleret, entonne un nouveau refrain de son invention :

« Oh, les amis
Nous revoici
Et je parie
Que vous serez ravis
De retrouver votre taxi! »

La joie de Oui-Oui est contagieuse : la voiture jaune se met à gambader sur la route, sautant d'une roue sur l'autre, klaxonnant à tue-tête. Ce tintamarre finit par réveiller Mirou, surprise de constater qu'elle a dormi toute la nuit dans le taxi. Oui-Oui éclate de rire, amusé par l'air ébahi de son amie, et lui explique ce qui s'est passé. Riant et bavardant, ils arrivent à

Miniville quelques instants plus tard.

Les jouets les accueillent avec des transports de joie. Leur petit chauffeur de taxi est enfin revenu ! La nouvelle se répand dans Miniville comme une traînée de poudre. Et il n'y a pas cinq minutes que Oui-Oui est chez lui que quelqu'un frappe à la porte de sa maison.

« Ça recommence ! bougonne Oui-Oui agacé. Déjà un client ! »

Mais ce client-là, c'est Potiron, qui vient avertir Oui-Oui que Mlle Chatounette a organisé une grande fête à l'occasion de son retour.

« Quelle bonne idée ! s'écrie Oui-Oui qui, du coup, a retrouvé sa bonne humeur. Je serai content de revoir tous mes amis. Mais avant, Potiron, je vais me reposer un peu et prendre un bon bain. À tout à l'heure ! »

5

La grande fête de Mlle Chatounette

Oui-Oui fait une bonne sieste. Et, le soir venu, il est en pleine forme pour se rendre à la fête de Mlle Chatounette. Dès qu'il franchit la porte, il est ébloui : des ballons multicolores volent dans tous les sens et il y a plein de gâteaux, de sucettes, de glaces, et

même des cornets-surprises. Quelle bonne soirée en perspective!

Potiron, tout heureux d'avoir retrouvé son cher Oui-Oui, lui apporte un splendide cornet-surprise. À l'intérieur, Oui-Oui découvre une drôle de papillote en papier. Le pantin et le nain veulent l'attraper en même temps, pressés de savoir ce qu'elle contient; ils tirent violemment chacun d'un côté, et bang! une explosion retentissante les fait bondir de frayeur.

« Ouille-ouille-ouille! glapit Oui-Oui dont la tête à ressort entame une danse endiablée. Qu'est-ce que c'était, Potiron?

— Un pétard, gros bêta! Il n'y a pas de quoi te mettre dans des états pareils! »

Mais Oui-Oui a eu trop peur : plus question pour lui de toucher à ce qui ressemble de près ou de loin à une papillote en papier. Aussi, quand Potiron lui apporte une pochette de carton, refuse-t-il catégoriquement de l'ouvrir.

« Ne sois pas ridicule, Oui-Oui ! insiste Potiron. Puisque je te dis que c'est un chapeau, un chapeau pliant ! Je te jure qu'il n'explosera pas. »

Après s'être fait prier un bon moment, Oui-Oui se décide à déplier la pochette-surprise, tremblant à l'avance de ce qui va bien pouvoir encore lui arriver. Bien sûr, il ne se passe rien. Dans la pochette se trouve une belle couronne dorée que Oui-Oui, soulagé, se hâte d'enfiler par-dessus son bonnet. Ainsi coiffé, le bonhomme de bois a tout à fait l'air d'un lutin. Rassuré, Oui-Oui ouvre un autre cornet-surprise et, cette fois, déplie sans hésiter la papillote qui se

trouve à l'intérieur. Mmm ! Elle contient quelque chose qui ressemble à un appétissant macaron au café. Oui-Oui y donne un petit coup de dent, juste pour goûter, et fait aussitôt une grimace épouvantable.

« Pouah ! grogne-t-il. Mais c'est du caoutchouc ! A-t-on idée d'inventer des choses pareilles ? Hé ! Potiron, crie-t-il en courant vers le nain. Re-

garde ! Qu'est-ce que c'est que ça ?

— Une attrape en caoutchouc ! répond le nain d'un ton pressé. Mets-la dans ta poche pour l'instant, Oui-Oui, nous allons faire une partie de chandelle. »

Oui-Oui fourre sa trouvaille dans la poche arrière de son pantalon et court rejoindre les autres, déjà assis en rond par terre. Au moment où il s'installe, hiiiiii ! un étrange couinement se fait entendre.

« Sapristi ! se dit Oui-Oui qui bondit instantanément sur ses pieds. J'ai dû m'asseoir sur un chat en peluche ou une souris mécanique. Excusez-moi, je suis désolé ! »

Il se retourne, regarde par terre... rien. Alors, perplexe, il se rassied. Hiiiii !

« Saperlipopette ! s'exclame le pantin alarmé. Qu'est-ce qui miaule

comme ça chaque fois que je m'assois ?

— Baisse-toi, Oui-Oui ! lui crie la poupée rose. C'est moi qui ai le mouchoir et tu me gênes pour passer. »

Cette fois-ci, prudent, Oui-Oui se contente de s'accroupir. Pas de miaulement... Bientôt, pris par le jeu, le pantin de bois ne pense plus au bruit mystérieux et s'amuse comme un fou, riant et hurlant avec les autres jouets.

Au bout d'un moment, Mlle Chatounette décide d'organiser le jeu des chaises : elle se met au piano, joue un air entraînant. Tous les invités font la farandole autour des chaises installées en rond. Dès que la chatte en peluche s'arrête de jouer, les danseurs doivent vite s'asseoir sur une chaise. Comme il y a une chaise de moins que de danseurs, le dernier debout a perdu et doit être éliminé. Oui-Oui s'amuse follement à trépigner et à sauter. Soudain, le piano s'arrête. Vite, Oui-Oui se laisse tomber sur la chaise la plus proche. Hiiiiiii ! Cette fois-ci, c'est un vrai bruit de sirène.

Comme l'autre fois, Oui-Oui se relève aussi vite que s'il était monté sur ressort. Il a une mine terrorisée.

« Qu'as-tu, Oui-Oui ? Tu m'as l'air bien inquiet ! s'étonne Potiron qui, dans le vacarme, n'a rien entendu.

— Écoute, Potiron, je n'y comprends rien. Chaque fois que je m'assieds, j'entends un chat qui miaule. Et quand je me relève, il n'y a jamais rien sous moi !

— Voyons, Oui-Oui, tu perds la tête ! Tu sais bien qu'il n'y a pas d'autre chat ici que Mlle Chatounette. Et elle est au piano : tu n'as pas pu t'asseoir sur elle ! Eh bien, dis donc ! Les vacances, ça ne te vaut rien !

— Pourtant, j'aurais juré que c'était un chat... », marmonne Oui-Oui pour lui-même.

La musique reprend et Oui-Oui se remet à danser avec les autres. Il s'amuse comme un fou, sa tête à ressort dodeline en suivant le rythme et son grelot tinte en cadence.

À nouveau, la musique se tait et tout le monde se rue sur les chaises. Bien sûr, quand Oui-Oui s'installe, la même comédie recommence. Hiiiii !

« Aaaah ! » crie le pantin tremblant.

Et, à nouveau, il bondit sur ses pieds.

« Oui-Oui, tu es éliminé ! crie Mlle Chatounette. Va attendre la fin du jeu sur le grand fauteuil, là-bas. »

Oui-Oui se dirige vers le fauteuil en continuant à regarder de tous les côtés pour surprendre ce chat mystérieux. Soudain, une idée terrible lui vient :

« Et si c'était un chat invisible ? »

Un frisson passe dans le dos du pantin de bois. Terrifié, il se pelotonne au fond du fauteuil pour se mettre en sécurité. Et alors... hiiiiii ! Voilà que l'épouvantable miaulement se reproduit, glaçant Oui-Oui jusqu'à la moelle.

« J'en ai assez, à la fin ! Tu... tu...

tu… trouves ça drôle, espèce de chat à la noix ? »

Et, fou de rage, le pantin envoie promener les coussins du fauteuil pour voir si le chat n'est pas caché dessous. Rien. Il glisse sa main dans les coins, sous le tissu, rien.

« Minou, minou, minou… ! fait-il alors d'une voix suave, pour apprivoiser le "fantôme". Où es-tu, gentil minou ? »

Tous les jouets le regardent, ébahis.

« Enfin, Oui-Oui, ne sois pas stupide ! gronde Potiron. De quoi as-tu l'air ? Et pourquoi t'entêtes-tu à penser qu'un chat te poursuit ?

— Mais, Potiron, gémit Oui-Oui au bord des larmes, je t'assure qu'il miaule chaque fois que je m'assois ! Écoute ! »

Et le pantin de bois se laisse tomber de tout son poids sur une chaise. Évidemment, le faux macaron se met à couiner. Hiiiiii ! Oui-Oui semble désespéré.

Quant à Potiron, il rit tellement qu'il ne parvient pas à articuler un seul mot. Enfin, au bout d'un moment, il explique à Oui-Oui d'une voix entrecoupée :

« Mon pauvre Oui-Oui ! Ce... ce n'est pas un chat ! C'est l'attrape en caoutchouc que tu as trouvée dans ta surprise, tout à l'heure ! Tu l'as mise dans ta poche et c'est elle qui couine chaque fois que tu appuies dessus en t'asseyant ! »

Oui-Oui n'en revient pas. Il n'y avait pas pensé... Il glisse une main dans sa poche et en retire l'objet en caoutchouc. Puis il appuie dessus, pour voir : effectivement, il miaule !

« Oh ! Je ne savais pas que ce gâteau en caoutchouc faisait du bruit. Tout de même, Potiron, tu aurais pu

me l'expliquer plus tôt ! Pour te punir, je vais te le faire couiner à l'oreille sans arrêt ! Attends un peu ! »

Et Oui-Oui se précipite à la poursuite du vieux nain.

« Vivement que le sifflet soit usé ! grommelle Potiron qui essaie d'échapper à Oui-Oui. Sinon, je n'ai pas fini de courir ! »

6

Souricette a des ennuis

« Ouh ! là ! là !... les vacances, ce n'est vraiment pas très reposant... », soupire Oui-Oui qui a bien du mal à se tirer de son lit, le lendemain matin.

Pourtant, pas question de faire la grasse matinée. Maintenant que tous les habitants de Miniville savent que

leur chauffeur de taxi est revenu, Oui-Oui ne peut pas les laisser attendre. Il fait un brin de toilette — juste le bout du nez —, coiffe son bonnet de travers, avale son chocolat et file sortir son taxi du garage.

« Les vacances sont finies, petit taxi. En route ! » lance-t-il en se mettant au volant.

Le premier jouet qu'il rencontre est Souricette, la souris mécanique. Elle a l'air très ennuyé. Comme Oui-Oui l'aime beaucoup, il s'arrête pour lui demander ce qui ne va pas.

« Ah ! si tu savais, Oui-Oui...

— Eh bien, que t'arrive-t-il ?

— Figure-toi que Lily-la-Canette est très, très méchante avec moi. Chaque fois qu'elle me voit, elle se précipite en se dandinant derrière moi et elle essaie d'attraper ma queue.

— Hein ? fait Oui-Oui étonné. Lily-la-Canette est pourtant gentille, d'habitude ! Qu'est-ce qui lui prend ? Je te promets que si je l'aperçois en train de t'embêter, elle aura de mes nouvelles ! »

Le lendemain, alors qu'il traverse la place du marché, Oui-Oui entend soudain des cris stridents : Souricette est en train de dévaler la rue à toutes pattes, Lily-la-Canette sur les talons.

Oui-Oui arrête pile sa voiture, outré, et descend.

« Lily-la-Canette ! hurle-t-il. Comment oses-tu te conduire ainsi ? Tu n'as pas honte de pourchasser de cette façon la pauvre Souricette ? »

Lily-la-Canette s'immobilise aussitôt, interloquée.

« Je ne pourchasse pas Souricette, Oui-Oui, je veux simplement attraper un ver de terre ! Un grand, beau, long ver de terre ! Un ver de terre... comme je n'en ai jamais vu. Miam !

— Enfin, Lily ! Ce que tu essaies de picorer n'est pas un ver, c'est la queue de Souricette !

— Vraiment ? » fait la cane stupéfaite.

Elle se penche sur la queue de la souris pour l'examiner.

« Mais non, c'est un ver ! Regarde, il se tortille ! »

Vive comme l'éclair, elle happe d'un coup de bec la queue de Souricette. Celle-ci s'égosille et court se réfugier auprès de Oui-Oui.

« Tu vois, elle recommence ! Un jour, elle va finir par m'arracher ma queue et par la manger ! S'il te plaît, Oui-Oui, donne-lui une fessée. Ou alors, va chercher le gendarme ! Fais quelque chose, je t'en supplie ! Oh, quelle abominable cane !

— Vous allez venir avec moi toutes les deux, déclare Oui-Oui. Je vais vous acheter à chacune quelque chose qui mettra fin à tous vos ennuis. Lily cessera de prendre ta queue pour un ver de terre, Souricette. En route. »

La cane et la souris grimpent dans le taxi de Oui-Oui, pleines de curiosité. Oui-Oui s'arrête devant le magasin de Mme Coton, la mercière, qui vend des rubans, des aiguilles,

des boutons et autres merveilles.

« Je voudrais un ruban rouge, en satin », précise le pantin.

La mercière prend un rouleau de ruban, en coupe un long morceau et le tend à Oui-Oui. Celui-ci en fait un nœud splendide autour de la queue de Souricette.

« Ne suis-je pas magnifique ? minaude la souris qui fait les pires contorsions pour apercevoir sa queue dans le miroir. On jurerait que je vais au bal !

— Dorénavant, Lily, tu ne pourras plus prendre la queue de Souricette pour un ver de terre ; car les vers de terre ne portent pas de nœud rouge, eux !

— Tu sais, Oui-Oui, ça ne changera pas grand-chose..., murmure Lily-la-Canette. Je suis myope comme une taupe !

— Je m'en suis rendu compte, dit Oui-Oui. C'est pour cela que tu vas avoir droit à quelque chose, toi aussi. »

Le bonhomme en bois conduit Lily-la-Canette jusqu'au magasin de M. Lorgnon, l'oculiste. Quelques minutes plus tard, Lily ressort du magasin fière comme une reine,

arborant une magnifique paire de lunettes. Elle est enchantée.

« Ne suis-je pas tout simplement merveilleuse ? susurre-t-elle à son tour. Merci, Oui-Oui. Avec ces lunettes, je ne prendrai jamais plus la queue de Souricette pour un ver de terre ! »

« Ouf ! se dit Oui-Oui, voilà une affaire réglée. Je suis bien content. À présent, il serait grand temps que j'aille travailler ! Que vont penser mes clients ? »

Et il démarre sur les chapeaux de roue, faisant tinter son grelot à toute volée.

7

Les oreilles de M. Toutouchien

Mais on dirait qu'un mauvais génie veut empêcher Oui-Oui de reprendre son travail : voilà qu'au premier coin de rue il tombe nez à nez avec M. Toutouchien, le chien en peluche, qui semble lui aussi désespéré !

« Qu'est-ce qu'ils ont tous, en ce

moment, à faire des mines pareilles ! » s'exclame Oui-Oui.

Et, dans un crissement de pneus, il arrête sa voiture près du chien.

« Comment allez-vous, monsieur Toutouchien ? demande Oui-Oui. Il y a longtemps que je ne vous ai vu.

— Oh ! mon pauvre Oui-Oui... J'ai eu bien des malheurs, ces derniers temps... Tu n'es pas au courant ?

— Non. Que vous est-il arrivé ? s'inquiète le pantin poliment, en espérant que les mésaventures de M. Toutouchien ne seront pas trop longues à entendre...

— Tout d'abord ma cheminée a pris feu et mon toit a flambé.

— Ooooh !... fait Oui-Oui, compatissant.

— Ensuite je me suis enrhumé et mon nez a enflé, enflé... On aurait dit une trompe d'éléphant.

— Pas possible...

— Et enfin je me suis disputé avec Chatounet, ce voyou de chaton, et il m'a déchiré les oreilles. Mme Culbuto a bien essayé de me les recoudre, mais je ne sais pas comment elle s'y est prise, elles pendent lamentablement ! Tu sais, Oui-Oui, ajoute-t-il d'un air désespéré, un chien qui ne peut plus dresser les oreilles, c'est bien triste...

— Je suis sincèrement désolé pour vous, monsieur Toutouchien, dit Oui-Oui.

— Tu ne peux savoir à quel point cela me chagrine, continue le chien. Quand je me regarde dans la glace et que je me vois ainsi, les oreilles pendantes, cela me brise le cœur. »

À cette idée, le pauvre chien se met à sangloter.

« Bououou ! Boububuou !... »

Oui-Oui ne peut en supporter davantage.

« Écoutez, dit-il, il y a sûrement quelque chose à faire. En recousant vos oreilles, Mme Culbuto a dû oublier d'y remettre les ressorts. Il suffit de les retrouver, et le mal sera réparé !

— Tu crois ? dit le chien en jetant à Oui-Oui un regard plein d'espoir.

— J'en suis certain ! affirme Oui-Oui.

— Mais où vais-je les retrouver, ces

ressorts ? Ils ont dû s'égarer, depuis le temps !

— Je vais m'en occuper, déclare le pantin. Ne vous inquiétez pas. »

Et Oui-Oui, qui a bon cœur, abandonne une fois de plus son travail pour se mettre en quête des ressorts. Il examine les trottoirs de Miniville, les caniveaux, rien... Il décide d'explorer le chemin du Bois des Lutins. Pendant un bon moment, il ne voit rien qui ressemble à un ressort et commence à se décourager. Soudain, une chenille traverse le sentier en se gondolant.

« Ça y est, en voilà un ! » s'écrie Oui-Oui tout heureux.

Or, à l'instant où il va l'attraper, la chenille disparaît dans un trou.

« Flûte, flûte et flûte ! grommelle Oui-Oui. Je commence à en avoir assez de courir après ces satanés

ressorts ! Puisque je ne suis pas très loin de chez Potiron, je vais aller lui demander conseil. »

En arrivant devant la maison-champignon, il klaxonne gaiement. Potiron sort sur le pas de sa porte.

« Oui-Oui ? Mais que fais-tu là ? Je croyais que tu devais reprendre ton travail ce matin.

— Ne m'en parle pas..., soupire Oui-Oui. Chaque fois que je pars pour aller chercher des clients, je tombe sur quelqu'un qui a des ennuis.

— Entre boire un chocolat, dit Potiron. Tu me raconteras tout ça. »

Attablé devant un bol de chocolat fumant, Oui-Oui entreprend de raconter au vieux nain les malheurs de M. Toutouchien.

« Je sais ce qui lui manque, moi, à ce pauvre M. Toutouchien : ce ne sont pas des ressorts, mais tout sim-

plement un peu de gaieté ! déclare Potiron en éclatant de rire. Je te parie que s'il arrive à oublier un moment ses ennuis, ses oreilles se redresseront tout de suite !

— Tu crois ? fait Oui-Oui incrédule.

— J'en suis certain, affirme le vieux nain. Invite-le donc à goûter chez toi, cet après-midi. Et n'oublie pas d'acheter des fraises, des framboises, de la crème fouettée, des éclairs, des glaces,

des biscuits à la cannelle, du sucre candi, des...

— Arrête, Potiron ! Nous allons avoir une indigestion !

— Ne m'interromps pas, je t'en prie ! ordonne Potiron d'un ton sans réplique. Il te faudra aussi un joli collier, et même... un grelot comme le tien.

— Tout cela est très bien, Potiron, déclare Oui-Oui, mais cela ne remplacera pas ses ressorts.

— Fais ce que je te dis, tu verras le résultat », conclut le nain d'un air assuré.

Oui-Oui s'en va, essayant de se souvenir de tout ce que Potiron a prescrit pour soigner les oreilles de M. Toutouchien : des fraises, des framboises, de la crème fouettée... Le pantin de bois passe plus d'une heure à acheter tout ce qu'il faut pour le fameux goûter, puis il va prendre M. Toutouchien chez lui.

Tout le long du trajet, l'invité de Oui-Oui ne desserre pas les dents.

« Ça promet, se dit Oui-Oui. Je serais bien étonné que dans un cas aussi grave le remède de Potiron soit efficace ! »

Arrivé chez Oui-Oui, M. Toutouchien s'installe dans un fauteuil, aussi raide que s'il avait avalé un manche à balai. Il regarde autour de lui, l'air abattu. Oui-Oui commence à déballer ses achats. Du coin de l'œil, il surveille M. Toutouchien. Celui-ci, peu à peu, semble intéressé par les multiples friandises que Oui-Oui étale sous son nez.

« Sniff... Sniff... », fait-il d'abord, timidement. Puis, apercevant le sucre candi : « Mmm ! Mmm ! » Enfin, lorsque Oui-Oui sort les éclairs au café : « Miam ! »

« Vous aimez les éclairs au café, monsieur Toutouchien ? demande le pantin d'un air innocent.

— Eh bien... euh... oui, je dois dire que je ne les déteste pas, avoue le chien dont les yeux commencent à briller de convoitise.

— Et les glaces au cassis ?

— Des glaces au cassis ? Oh, mais j'adore ça ! s'écrie M. Toutouchien qui perd toute retenue. Vite, Oui-Oui, mettons-nous à table ! Il y a longtemps que je ne me suis pas senti un tel appétit !

— Attendez ! s'écrie Oui-Oui. J'ai quelque chose pour vous ! »

Et il court attacher au cou de M. Toutouchien un splendide collier de cuir rouge. Puis, comme il n'a pas réussi à trouver de grelot comme le sien, il prend la décision héroïque de prêter son bonnet à son invité.

M. Toutouchien a l'air plutôt comique, avec le bonnet de Oui-Oui qui lui retombe sur l'œil ! Mais il est enchanté.

Au bout d'un moment, alors que le chien est en train d'avaler sa quatrième glace au cassis, il s'arrête, la cuillère en l'air.

« Sapristi, Oui-Oui, est-ce que tu as des puces ?

— Co… co… comment ? Moi, des pu… puces ? s'étrangle le pantin de

bois. Que racontez-vous là, monsieur Toutouchien ! Ce n'est pas gentil !

— Pourtant, je ne rêve pas ! Quelque chose me démange sous ton bonnet, affirme M. Toutouchien.

— Mais non, voyons, vous vous trompez !

— Oh ! ça recommence ! s'exclame le chien. Il faut que j'enlève ton bonnet, Oui-Oui, c'est insupportable ! »

Et le chien arrache de sa tête le couvre-chef de Oui-Oui, faisant tinter son grelot. Oui-Oui, les yeux écarquillés, bouche bée, constate alors que les oreilles de M. Toutouchien se sont redressées ! Potiron avait raison !

« Vos oreilles ! Elles sont droites ! glapit le pantin de bois une fois revenu de sa surprise.

— Ce n'est pas possible, puisque tu n'as pas retrouvé mes ressorts ! riposte M. Toutouchien.

— Si ! Potiron avait deviné : ce n'était pas des ressorts qu'il vous fallait, mais un peu de gaieté ! »

M. Toutouchien descend en toute hâte de sa chaise et court jusqu'au miroir de Oui-Oui. Quelle joie !

« Oh ! Oui-Oui, comme je suis heureux ! s'écrie-t-il en lançant des aboiements joyeux.

— Moi aussi ! soupire le pantin de bois. Je vais enfin pouvoir redevenir chauffeur de taxi ! »

Cependant, pour être bien sûr de ne plus se laisser arrêter en route, Oui-Oui accroche sur le capot de sa petite voiture jaune un grand écriteau où il inscrit d'une main maladroite :

Les vacansses de Oui-Oui
sont finies.
Prière de le laissé conduir
son taxi !

Table

Imprimé en France par ***Partenaires-Livres*** ®
n° dépôt légal : 61396 – juillet 2005
20.24.0435.6/08 ISBN : 2.01.200435.0

Loi n° 49-956 du 16 juillet 1949
sur les publications destinées à la jeunesse